Es geit nix G'sünders, als sich kranklache

Ludwig Hindelang

# Es geit nit G'sünders, als sich kranklache

Franz Brack Verlag, Altusried

Umschlag und Illustrationen: Eberhard Neef

Texte: Ludwig Hindelang
Alpenstraße 26, 87484 Nesselwang
Telefon 0 83 61/31 16


3. Auflage
ISBN 3-930323-19-2

Zugspitzstraße 2a, 87452 Altusried
Telefon 0 83 73/92 05-20

Es ist nicht leicht, heut Humorist zu sein,
in dieser so bewegten Zeit.
Denn wem fällt noch was Gscheites ein?
Ist's neu, dann ist es oft nicht sittlich,
läßt man sich aber dazu verführen,
gute alte Pointen zu servieren,
so stuft man gleich den besten Witz
ins Zeitalter vom alten Fritz.
Der eine liebt nun einmal scharfe Sachen,
die den andern wieder Unbehagen machen.
Trägst du lauter leichte Sachen auf,
kannst du bald hören, „kalter Kaffee drauf".
Drum der Spruch mir am besten gefällt,
nichts ist vollkommen in dieser Welt.
Drum lassen Sie mich versuchen zu meistern,
mit meiner Unvollkommenheit
Sie vollkommen zu begeistern.

# Ludwig Hindelang

Ludwig Hindelang wurde 1932 in Hertingen bei Nesselwang geboren. Nach seiner Schulzeit begann er 1948 eine Schreinerlehre. Schon damals hat er seine Liebe zur Musik entdeckt. In seiner Freizeit lernte er das Akkordeonspielen und begleitete bereits mit 20 Jahren als „Schuhplattlermusikant" die Alpspitzler aus Nesselwang. Viele Jahre machte er Tanzmusik, Unterhaltungsmusik und Volksmusik und führte schließlich auch als Ansager und Humorist durch Heimatabende und unzählige andere Veranstaltungen.
Ab dem Jahr 1965 erlitt er schwere gesundheitliche Tiefschläge, einhergehend mit Schlaflosigkeit, nervösen Herzstörungen und Depressivität. Viele Jahre lang quälte ihn diese Krankheit. Nachdem auch mehrere Klinikaufenthalte erfolglos blieben, beschloß er, sein Schicksal selbst in die Hand zu nehmen und begann, durch hartes körperliches Training gegen seine Krankheit anzukämpfen. Bergwandern, Ski-Touren, Radeln und „acht Monate im Jahr im Weiher baden" ließen ihn wieder genesen, und jetzt mit 66 Jahren ist er wieder „guet drauf".
In den vielen Jahren als Musiker und Entertainer hat Ludwig Hindelang Witze, Sprüche und Lebensweisheiten gesammelt und aufgeschrieben. Das Original Hindelang aus Nesselwang lebt nach dem Motto: „Gott nimmt uns das Kreuz nicht ab, aber er gibt uns die Kraft, es zu tragen." Daß der Humor ein wichtiger Baustein seiner Lebenskunst ist, will er in seinem 1. Büchlein aufzeigen.

# INHALTSVERZEICHNIS

# Allgäuer Sprüch und Volksweisheiten

Mancher hot so a dicks Fell,
daß a gar koi Rückgrat mea braucht.

*

A Onkel wo ebbas mitbringt ischt besser als wie a Tante wo Klavier spielt.

*

D' Verwandtschaft lernet ma erscht kenne, wenn ma mitanand g'erbt hot.

*

Wie heacher der Aff schteigt, umso besser siacht ma'm ins Fiedle.

*

Wenn der Fuchs it schwimme ka, nocha ischt gwieß 's Wasser schuld.

*

A Nesselwangar hot sage kenne: „Sperret nachts d' Tüera zue, ma mießt se schäme, wenn oir eibreche dät."

*

„'s ganz Johr muescht Angscht hau", hot 's Mädle gset. „Im Sommr - weags de Wettr, im Herbscht - weags der Grippe, im Winter - vor em Klos, und im Früehling weags em Oschterbeichte."

Guet nochgmacht ischt bessr als wie schleacht erfunde.

*

„Do schtimmt ebbas it“, hot ‘s Mädle gset, „es heißt allat, Kinder koschtet Geald, und i kriegs umsonst.“

*

Mir Allgäuer land eis it auf de Grind scheiße, mir machet ‘s Maul scho auf.

*

Mir Allgäuer sind saugrob, aber mir moinets o aso.

*

„Fährt der Zug scho?“ hot ‘s Weible de Schaffnar gfroget. - „Noi, do traget se Telegrafemaschte vorbei.“

*

Grad daß i no ins Bett neikomme bi, sonst hätt i pfeilgrad in d’ Hose gschisse.

*

Wenn ma de Teifl in d’ Kirche lot, nocha will er gwieß de scheanste Platz.

*

Es will mer in mein Grind it nei, wie ka ma it vom Allgäu sei.

„Mit am fremde Fiedle ischt guet ins Fuir scheiße.“

*

A gueter Zau geit an guete Nochbaur.

*

Numm mähe ischt koi Sünd, aber rumm reache.

*

„Vattr han i koin, und Muettr han i o koine“, hot der Bue gset, „mi hot mei Tante ledig khett.“

*

„Nochbaurs Bue ischt ein Lügner, dea hot scho gloge, weil a ‘s erschte Mol Papa gset hot.“

*

A ledige Muettr: „Zerscht hobba gmoit, es sei der Blinddarm. Jetzt goht a scho mea in d’ Schuel.“

*

„Des ischt it gerecht“, hot ‘s Mädle gset, „all Johr a Kind und koin Ma.“

*

Sei lau ischt guet fürs Beichte.

*

Wea ‘s Kreiz in der Hand hot, dea segnet sich o selber.

A lahme Sau verwischt nie an warme Dreck.

*

A dürrer Wirt und a kleiner Bürgermeister verschandlet die ganz Gmoind!

*

„I bin a ehrlicher Spitzbue“, hot der Handwerksbursch gset, „i schtiehl mei Sach und zahl mei Schtrof.“

*

„I will it fier mein Vorteil rede“, hot der Fux gset, „abr ma sott d’ Henna in Wald nausjeche, do gäbs allat ebbas zum Scherre.“

*

Wear koi Gelegenheit hot, dea hot guet brav sei.

*

Der Baur set zum Nochbaure: „Goscht mit in d’ Kirche?“ - „Noi, noi, i schlof dahoi.“

*

„I glob, der Winter ischt rumm, mei Nochbaur hot de Schneepflug hoimgea und de Rasemähar verdlieche.“

*

Hifalle ischt koi Schand, aber liegebleibe.

# Allgäuer Gschichtla und Witz

In der Ortschaft Hindelang hot amol a Baurebue mit am Mädle tanzet. Am Tisch hot ear nocha zu seine Spezl gset: „Die Föhl hätt mir ganz guet gfalle, die hot so verschaffete Händ."

*

Der Jungbauer zum Alten: „Vattr, des verstohst du nimma, do kommsch du nimma mit!"
20 Johr später: „Vattr, wie dätsch es du mache?"
Nomol 20 Johr später: „Jetzt sobba halt de Vattr froge kenne!"

*

Der Bauer hot an Kneacht khett aus Niederbayern. Ma hot ihn gfroget: „Zu welchem Landkreis kheret ihr eigentlich?" - „Des woaß i net, aber eigsperrt wer mer in Straubing."

*

Eine junge Dame wird zum Vormundschaftsgericht in einer Kindschaftsangelegenheit vorgeladen. Sie bringt ihre jüngere Schwester mit. Der Richter prüft die Personalien und fragt die jüngere Schwester: „Hast du auch eine Ladung gekriegt?" „Noi, noi", sagt sie, „mi hot a bloß ins Fiedle zwickt."

*

An die Versicherung: Ich habe noch nie Fahrerflucht begangen, im Gegenteil, ich mußte immer weggetragen werden.

Der zweite Bürgermeister besucht die Nummer 1 im Krankenhaus und berichtet von der letzten Sitzung. Schließlich sagt er: „Mit 7 zu 5 Stimmen soll i dir a guete Bess'rung wünsche.“

*

Gemeindediener zum Bürgermeister: „Hoscht schon gheart, a Gemeinderat ischt gschtorben!“ „Des ischt mir 's neueste.“ Nach einer Weile fragt der Gemeindediener: „Willst it wisse, wer?“ Bürgermeister: „Mir ischt jeder recht.“

*

Nachruf:
Ein großer Politiker ist von uns gegangen, leider stirbt nicht jeden Tag ein solchiger.
Grabrede:
Die Lücke, die er hinterläßt erfüllt ihn voll und ganz.

*

„Ich lade dich ein zu meinem Geburtstag am Sonntag nachmittag! Kommst glei nach dem Mittagessen, daß d' zum Kaffeetrinken wieder dahoim bist!“

*

Zwei Buebe proglet, do sagt oiner: „Mei Vattr kann sich rasiere, ohne daß er sei Pfeife aus'm Maul nimmt.“ Sagt der andere: „Meiniger ischt no gscheiter, der kann seine Zehenägel schneide, ohne daß er seine Socke ratuet.“

Der Bauer zum Nachbarn: „Heut hab ich einen Außerirdischen gsehn, des sind kleine grüne Mändla und d' Händ hand se bis am Bode.“ Am anderen Tag ist der Nachbar beim Mähen, da sieht er etwas am Waldrand, klein, grün, und die Hände bis am Boden. Er geht auf das Männle zu und sagt: „Ich Bauer, ich mähen.“ Da sagt das Männle: „Ich Jäger, ich scheißen!“

*

Frage an eine Bäuerin: „Wie legen deine Hühner?“ Antwort: „Mit der Brutalität meiner Hühner bin ich zufrieden, aber die Legalität läßt zu wünschen übrig.“

*

Ein Autofahrer in der Waschstraße steigt plötzlich aus und kommt zwischen den Bürsten hervor. „Warum bischt jetzt ausgstiegen?“ fragt ihn der Angestellte. „Do war ein Hinweis ‘Gang raus’.“

*

Richter: „Angeklagter, sind Sie vorbestraft?“ „Noi, noi, des it, aber oimol wär i beinah freigsproche woere.“

*

Fährt einer mit seinem Wagen rückwärts den Großglockner-Paß hinauf. Eine Polizeistreife stoppt das Gefährt. Sie wollen wissen, wieso und warum. „Weil oben auf der Franz-Josefshöhe so vollgeparkt ist, da kann man nie wenden.“ Nach drei Stunden kommt er wieder rückwärts herunter und wird abermals von der Polizei gestoppt. „Das ist saudumm, heute hat man wenden können!“

Eine weißhaarige Dame kommt zum Pfarrer; sie möchte ihr Aufgebot bestellen. Meint der Pfarrer: „In Ihrem Alter nochmal heiraten, gute Frau, Sie haben ja schon schneeweiße Haare!“ „Das macht doch nichts, es hat schon oft in den Bergen geschneit, und im Tal war’s noch grün!“

*

‘s Nesselwangar Weible hot ma gfroget: „Wie goht’s em Ma?“ „Nächt ischt der Pfarrar dogwese und hot en verseache, jez kann er grad due, was er will.“

*

„Opa, wenn du amol schtirbscht, dann spielt bei deiner Beerdigung die Blasmusik“, sagt der Enkel. Drauf die Mutter: „Halt doch dei Maul, des hätt a Überraschung weare solle.“

*

Als der Bauer stirbt, hat die Frau die Landwirtschaft aufgegeben. Eines Tages kriegt sie vom Finanzamt einen Fragebogen mit dem Vermerk: Einnahmen aus der Viehhaltung? - „Einnahmen aus der Viehhaltung hab’ ich keine. Mit dem Tod meines Mannes ging das letzte Rindvieh vom Hof.“

*

Die Bäuerin ist krank; es ist schlecht um sie bestellt. Der Bauer hat eine tüchtige Magd. Eines Tages fragt sie der Bauer: „Wurescht du die mei, wenn die mei nimma weare sott?“

Der Bauer lag im Sterben; er machte sich Sorgen und sagte zu seiner Frau: „Wie soll's weitergau, wenn i nimma bi? I moi, du sottescht de Kneacht heire." Da sagt sie: „Jez schtirbsch amol zerscht, nochher wer mer scho weiterseache!"

*

Als der Bauer im Sterben liegt, sagt er zu ihr: „I hätt bloß no oin Wunsch. Wenn i nimma bi, nocha heirescht de Nochbaure, dea hot mi o amol mit ar alte Kueh bschisse."

*

„Wann beginnt das Leben, bei der Zeugung oder bei der Geburt?" hat man ein Allgäuer Weible gefragt. Die Antwort war umwerfend: „'s Leabe beginnt, wenn d' Kinder aus'm Haus sind und der Ma unter'm Boden ischt."

*

Ein Mann aus Unterthingau ist verunglückt; er kam mit dem Kopf zwischen die Schiebetüren eines Eisenbahnwaggons. Als er die Krise überstanden hatte, fragte man die Frau, wie es ihm gehe. Antwort: „Er braucht ja nimma reacht weare, wenn a bloß wird, wie er gwese ischt!"

*

Allgäuer Liebesbrief
Liebe Zenzi, komme morgen abend zum Heustadl. Hose brauchst Du keine anziehen, weil ich Dir ganz etwas Wichtiges zu sagen habe.

„Komisch“, hot ‘s Weible gset, „vor 40 Johr han i d’ Strümpf it gschwind gnue rabringe kenne, heit kennt i derweil a Paar schtricke.“

*

An der Goldne Hochzeit set sie zu ihm: „Mach mer heit wieder amol Sex?“ Druff moit er: „Du kommscht all 25 Johr mit em gleiche Schmarre daher!“

*

Hast du eine Anverwandte, sozusagen - alte Tante, die dich im Testament bedenkt - merkt, daß man ihr Freude schenkt. Borg der Alten deinen Wagen, sag’ du brauchst ihn in 4 Tagen, empfiehl ihr Berge und die Gemsen und lock’re vorher schnell die Bremsen. Wenn sie dann in den Abgrund fährt, ist das schon einen alten Opel wert.

*

Metzgermeister Xaver Ott. Gott hab ihn selig. Als Henkels Hubert a Bue war mit 14 Johr, begegnete ihm der Metzgermeister Xaver Ott. Hubert sagte wohlerzogen: „Grüeß Gott Herr Ott.“ „Du Seichbue, für die bin i allat no der Xavere, des muescht dr merke.“

*

„Wie goht’s em Großvattr?“ hobba de Bue gfroget. „Gar it guet! Nächt ischt der Pfarrar dogwese und hot de letzte Ölwechsel gmachet.“

# Liebe ist eine schwere Krankheit

Liebe ist eine schwere Krankheit, die nur durch eine Hochzeit geheilt werden kann.

*

Liebe ist eine schwere Krankheit, da müssen beide Teile ins Bett.

*

Liebe ist...

| | |
|---|---|
| Unter 16 Jahren: | Eine kleine Bastelei. |
| Von 16 - 20 Jahren: | Vereinzelte Stoßtrupptätigkeit. |
| Von 20 - 30 Jahren: | Kraft durch Freude. |
| Von 30 - 40 Jahren: | Schönheit der Arbeit. |
| Von 40 - 50 Jahren: | Stunde der Technik. |
| Von 50 - 60 Jahren: | Triumpf des Willens. |
| Von 60 - 70 Jahren: | Technische Nothilfe. |
| Von 70 - 80 Jahren: | Entartete Kunst. |
| Über 80 Jahren: | F.P.1 antwortet nicht. - SOS - Kamerad, wo bist du? |

*

Internationale Liebe ist, wenn ein Amerikaner eine Japanerin auf einem englischen Schiff mit deutschem Kapitän in chinesischen Gewässern während einer italienischen Nacht hinter einer spanischen Wand auf französische Art küßt und ihr ein Schweizer Fränkli als Talismann schenkt.

*

„Mein Mann ist Spiritist!“ - „Tröste dich, der meinige säuft auch!“

Liebe ist für Verliebte ein Hauptwort,
für Verlobte ein Bindewort,
für Verheiratete ein Tätigkeitswort,
für Schwangere ein Umstandswort,
für Kavaliere ein Zahlwort und
für Eunuchen ein Fremdwort.

*

Der Huber, der seiner Frau nie Untreue zugetraut hätte, schöpfte den ersten Verdacht, nachdem sie von Buchloe nach Füssen umgezogen sind und immer noch derselbe Briefträger die Post bringt.

*

Bei der Hochzeit sagt er:
„Niemand liebt dich so wie ich!“
An der Silberhochzeit:
„Niemand liebt dich, wieso ich?“

*

Im Bett:
Er: Aktien steigen
Sie: Börse geschlossen
später:
Sie: Börse geöffnet
Er: Aktien unter der Hand verschleudert

# Frauen sind immer noch das Beste

Frauen sind immer noch das Beste, was es in dieser Art gibt.

*

Reh und Hasen muß man schießen, eh' sie flüchten in den Wald, und die Frauen muß man küssen, eh' sie runzlig sind und alt.

*

Die Frauen sind die Krönung der Schöpfung. Natürlich hat Gott zuerst den Mann erschaffen. Jeder Künstler macht zuerst einen Rohentwurf, bevor er das Meisterwerk schafft.

*

Ehe ist die Bereitschaft einer Frau, alle Sorgen mit einem Mann zu teilen, die sie vorher gar nicht hatte.

*

Warum sollte man lieber einen kleinen Mann heiraten? Weil man von allen Übeln das kleinere wählen sollte.

*

Beim Heiraten kommt es auf zwei Dinge an: Sie braucht das gewisse Etwas und er etwas Gewisses.

*

Vernunft ist das Privileg der Männer, aber sie sind so selbstlos, daß sie nie davon Gebrauch machen.

Männer sind wie Zigarren, wenn sie ausgehn, werden sie schlecht.

*

Lügen haben kurze Beine, Sünden kurze Röcke.

*

Auch beim Weißwein kann eine Frau erröten, wenn der Mann blau ist und Farbe bekennt.

*

„Ich brauche keinen Mann, denn ich habe für ihn einen vollwertigen Ersatz: Morgens, wenn ich wach werde, knurrt mein Hund, nachmittags, wenn ich mich ausruhen will, beginnt mein Papagei zu fluchen, und abends miaut mein Kater, daß ich ihn rauslasse. Er treibt sich dann die ganze Nacht außer Haus herum."

*

Ein Mann sucht einen Anwalt auf und besteht hartnäckig drauf, die Scheidung für ihn „durchzupauken", denn seine Frau würde nichts taugen. Der Anwalt bittet ihn zu sagen, was er an Gründen vorzutragen. „Meine Frau hat Nacht für Nacht nur in Wirtshäusern zugebracht." „Ist sie süchtig auf das Bier?" „Das nicht - jedoch sie sucht nach mir!"

*

„Papa, warum reichen sich beim Heiraten die Brautleute die Hände?" „Das ist reine Formsache, Ringer und Boxer tun das auch."

# Ehestand-Wehestand

„Ohne Weib isch es nix“, hot a alter Junggsell gset, „aber a Ganze ischt mir z’viel.“

*

Lieber guet ghenkt, als wiea schleacht verheiret.

*

Wenn d’ gschimpft weare witt, muescht heire.
Wenn d’ globet weare witt, muescht schtearbe.

*

‘s erscht Baue sott nix koschte, und ‘s erscht Heire sott it gealte.

*

‘s Verheiretsei hot sei Guets und sei Schleachts: Ma ischt nimm so oisam, aber ma ischt o nimma so alloi.

*

A Weib ischt ebbas Kommods: Wenn ma’s braucht, hobbas, braucht ma’s it, flackets wohl neaba detta.

*

„I war meiner Frau no nie untreu! Bis auf zweimol, wo se mi erwischt hot!

*

Ma ischt all Haus verheiret, bloß manchmol mindr wie ma moit!

Ich war noch im siebten Himmel, da war sie schon im neunten Monat.

*

Ich wollte immer eine Frau, die wie meine Mutter kochen kann. Jetzt habe ich eine Frau, die saufen kann wie mein Vater.

*

Ich habe meine Frau durch einen Blitzflirt kennengelernt. Während ich ihr den Hof machte, machte sie schon die Betten.

*

In einer Familie ist die Frau die Regierung, der Mann das Volk, die Kinder die Opposition.

*

„Wann hast du deine Frau kennengelernt?“ - „Gleich nach der Hochzeit!“

*

Mit den Männern ist es genauso wie mit den Zähnen: Bis man sie hat, bereiten sie einem Schmerzen, wenn sie nicht mehr sind, hinterlassen sie ein großes Loch.

*

„Der liebe Gott weiß alles“, hot dr sell gset. „Aber meine Frau weiß alles besser.“

„G'schtritte hammer no nie, mei Ma und i, abr ghooret scho öfter", hot sell Weible gset.

*

„Wenn i all's dät, was mei Weib will, nocha dürft i mi glei aufhenke."

*

In mancher Ehe ist es so: Sie wirft ihm 's Trinke vor, und er wirft ihr 's Esse noch.

*

Allheilmittel nach einem Ehekrach: Der fünft' Zipfl im Bett macht all's wieder wett!

*

Er zu ihr: „I gang zum Früehschoppe, wenn i z' Mittag it do bi, brauchscht mit em Obedesse it warte."

*

„Was reizt dich noch an deiner Frau nach 40ig Jahren?" „Jedes zweite Wort!"

*

Die Ehefrau schwelgt in Erinnerungen: „Weißt du noch, Erwin, es war eine tolle Gewitternacht, als wir uns kennenlernten!" „Ja, und i hob die Zeiche der Natur it verstande!"

„Des ischt komisch, i mag mei Freundin, mei Frau mag se nicht!“

*

„Wenn i bei meiner Frau zu Wort komme will, des ischt genauso, als wenn ma an ar laufende Nähmaschi’ eifädle möcht!“

*

Meine Anna hat einen Kuchen gebacken mit 15 Kerzen. Ich fragte sie: „Was feiern wir denn heute?“ Sie antwortete: „Mein Sommermantel wird heute 15 Jahre.“

*

Er zu ihr: „Wenn i wiedr auf d’ Welt komm, wer i a Aff.“ Sie: „Des goht it. Ma werd it zweimol ‘s gleiche.“

*

„I ka doch it an jeden Dreck denke“, hot ‘s Weible g’set, weil sie ‘s Koche vergesse hot.

*

Schenke tue i meiner Frau nix, die hot Geburtstag, und des reicht.

*

„Ich weiß einfach nicht, was ich meiner Frau zu Weihnachten schenken soll“, klagt einer. „Ja, frag sie ganz einfach.“ „Ja weißt, soviel wollt ich eigentlich nicht ausgeben.“

Übers Wetter

Es rengelet und schneibelet, es goht a kalter Wind. Do kommet die drei Basala, mit de lange Nasala und saget, es sei a Sünd.

*

Sauwetter: Gscheiter, es sauet heit, als wie beim scheane Wetter.

*

Bei Föhn: Dea wo bei deam Wetter it krank ischt, dea ischt o itte gsund!

*

Bei deam Wetter rengets gearn, aber selten länger wie drei Wucha.

*

Urlauber: In meinen drei Wochen Urlaub hat es nur zweimal geregnet: einmal acht Tage und einmal vierzehn Tage.

*

Des ischt a Wetter für meine Kneacht, schaffet se it, nocha friert s'es reacht.

*

Bauer zum Nachbarn nach einem Unwetter: „Hot dir dr Sturm o 's Dach demoliert?" Antwort: „I weiß it, i hau's no gar it gfunde!"

„Jez weard's lichter", hot dr Baur gset, wie em der Sturm 's Dach a'deckt hot.

*

Renge und schneibe derf es scho, wenn bloß der kalte Wind it nochelott. (Michl Dacher)

*

Sommerfrischler zum Bauer: „Regnets bei Ihnen immer im Sommer?" Bauer: „Noi, noi, manchmol schneibts o!"

*

Der Oschtwind goht allat kalt, gleich wo a heakommt.

***Scherzfrage der Woche:***
*Muß eine Lokusfrau immer scheißfreundlich sein?*

***Verbrauchertip der Woche:***
*Benutzt das Klopapier beidseitig, und der Erfolg liegt auf der Hand!*

***Was ist Mut, Übermut und schlagfertig?***
*Mut ist, wenn einer in der Badehose ins Theater geht.*
*Übermut ist, wenn er die Badehose an der Garderobe abgibt.*
*Schlagfertig ist, wenn die Garderobenfrau sagt: Was machen S' mit dem Knirps, wollen S' den bei mir einstellen?*

# Bauernregeln

Das Schwein legt sich zur letzten Ruhe in des Bauern Tiefkühltruhe.

*

Werden Schweine immer fetter, wird der Bauer immer netter.

*

Lieber a reiche Kuh, als ein armes Schwein.

*

Rutscht dem Bauern im März die Hose, war im Februar der Gummi schon lose.

*

Kräht der Gockl auf dem Mist, ändert sich das Wetter oder es bleibt - kräht der Bauer, ist der Gockl erkältet.

*

Sind die Hühner flach wie Teller, war der Traktor wieder mal schneller.

*

Liegt dem Bauern seine Uhr auf dem Mist, weiß er nicht, wie spät es ist.

*

Stirbt der Bauer im Oktober, braucht er im Winter keine Pullober.

Daß die Menschen zu uns Schweine Sau sagen, hat d' Sau gsagt, des wär mir Wurscht, aber daß sie aus uns Wurscht machen, des isch a Sauerei.

*

Spielt der Knecht im Stall Viola, gibt die Kuh beim Melken Cola.

*

Will der Mensch die Eier eckig, geht's den Hühnern ganz schön dreckig.

*

Der einfache Sprecher: „Die dümmsten Bauern haben die größten Kartoffeln."
Der komplizierte Redner: „Das potentielle Maximum der subterranen Agrarprodukte steht in reziproker Relation zur Intelligenzkapazität der Produzenten."

*

Reibt sich der Knecht die Händ, ist der Bauer impotent.

*Weg mit Euren Sorgenfalten, Seelenrunzeln, Vorbehalten, weg mit allem, was verdrießt, Augen trübt und Herz verschließt, was Euch kraftlos macht und spinnig, trübsalschwitzig, dunkelsinnig, brummig, blöde und so weiter, weg damit, es ist gescheiter.*

# A bißle dumm ischt jeder!

Nix wisse ischt koi Schand, abr nix derzue learne welle.

*

A bißle dumm ischt jeder, aber so dumm wie mancher, ischt koir.

*

Jeder hat einmal einen dummen Gedanken, aber der Kluge spricht ihn nicht aus.

*

Die Weisheit verfolgte mich, aber ich war schneller.

*

I ha it alls im Kopf, was i weiß.

*

„Dummheit ischt a Gottesgab, aber ma sott it dermit saue“, hot mei Lehrar zu mir denn gset.

*

Wenn du an Dumme brauchst, mueschtan andre sueche, aber do wearscht it leicht due.

*

„Do hoscht a Mark - gohscht zum Metzgar und kofscht dr a Hiere“, hot dr Lehrar zum Schorsch gset. „Soll i sage, ‘s ischt für de Lehrar, nocha krieg i mehr.“

Wenn du globscht, daß i bled bi, bischt bei mir genau richtig.

*

Die sich dumm stellen, sind gefährlicher als die, die dumm sind.

*

Um so mehr ich weiß, desto mehr weiß ich, daß ich nichts weiß.

*

I weiß, daß i nix weiß, aber des weiß i gwieß.

*

Ma kennt viel sage, wenn's oim bloß eifalle dät.

*

Es genügt nicht, nur keine Gedanken zu haben, man muß auch unfähig sein, sie auszudrücken.

*

Jeder kann denken, vielen bleibt es erspart.

*

Brauchst ja it globe, daß i it bled bi.

# Lieber vormittags nix tue

„Wie gohts allat?“ hobba oin gfroget. „Grad reacht! Zum Schaffe bin i z’bled, und in d’ Aschtalt bin i z’guet!“

*

Wea nix Bessers zum tue hot, soll riebig schaffe.

*

I gang gean zum Schaffe, bloß unter der Wuche will i mei Ruah.

*

O ‘s Faulenze will glearnet sei.

*

Schaffe mag i it, und sonscht geits nix z’deand.

*

I ka esse und trinke was i will, mir schmeckt die bescht Arbat it.

*

Dea, wo d’ Arbat erfunde hot, mueß o it viel z’deand khett hau.

*

Zum Esse vorliege, zum Trinke z’ruckliege und zur Arbat naliege.

Beim Esse schwitze, beir Arbat friere und beim Beate schlofe.

*

Hoch die Arbeit, daß i it dra komm.

*

Lieber faulenze, als wie gar nix tue.

*

Lieber a wackliger Stammtisch als a fester Arbeitsplatz.

*

Lieber feste feiern als feste arbeiten.

*

Lieber in der dunkelsten Kneipe als am hellsten Arbeitsplatz.

*

Lieber arbeitslos als gar nix los.

*

Wer immer schuftet, niemals feiert, ist innerlich bald ausgeleiert.

*

Lieber a gute Stellung als an schlechta Arbeitsplatz.

Sich zu Tode arbeiten ist die einzige gesellschaftlich anerkannte Form von Selbstmord.

*

Wenn mich die Arbeitswut packt, setz' ich mich in eine Ecke und warte, bis der Anfall vorbei ist.

*

Wer viel arbeitet, macht viele Fehler.
Wer wenig arbeitet, macht wenig Fehler.
Wer nicht arbeitet, macht keine Fehler.
Wer keine Fehler macht, der wird befördert.

*

Du weißt nicht, wie die Blumen duften,
kennst Arbeit nur und schuften.
So gehn sie hin die schönsten Jahre,
auf einmal liegst du auf der Bahre.
Und hinter dir, da grinst der Tod,
kaputtgerackert, du Idiot.

***Rezept:***
*Die Widrigkeiten weggedacht, denn immer muß es weitergehn, und ohne Falten fortgemacht, man will dich lieber heiter sehn.*

I über mi,
daß dr wisset,
wer i bi

Unter der kleinsten Steppdecken kann der größte Depp stecken.

*

Mein Geist ist mein Vermögen, aber Armut schändet nicht.

*

Gott gab dem Bären Kraft,
dem Löwen Mut,
dem Fuchs die List,
der Katze Anmut,
bloß mich hat er vergessen.

*

Leut ausrichte: Über mi kennet ihr riebig schimpfe, dir kennet mir ja doch nix Guets nochesage.

*

Zu meim Appetit: Des Gfühl gnue kenn i gar it, entweder hungrig oder koiz.

*

‘s oinzig, was bei mir heit no gschwind goht, ischt - i wear gschwind mied.

*

Ich laß’ mir jeden Morgen die Zeitung ans Bett bringen, dann les’ ich zuerst die Todesanzeigen. Wenn die meinige nicht dabei ist, dann steh’ ich auf.

Am beschte wär's, wenn ma gar it gebore wär, aber des Glück hand it alle.

*

Wenn's Schtearbe it bald abgschafft wird, nocha kunnt es sei, daß es mi o no verwischt.

*

Bei mir ischt alles greglet, wenn i heit schtierb, kann i morge 's Geald a'hebe.

*

Tut mir leid, daß ich geboren bin, ich tu's bestimmt nicht wieder.

*

Ich hätte viel weniger Probleme, wenn ich weniger Freunde hätte.

*

Auf meine Freund, da bin i stolz, so wie a Schreinar auf sei Holz.

*

Wohlstand ist: Mit dem Geld, das man nicht hat, etwas zu kaufen, das man nicht braucht, um jemand zu ärgern, den man nicht leiden kann.

# Lieber locker vom Hocker

Lieber am Busen der Natur als am Arsch der Welt.

*

Lieber über Nacht versumpfen als im Sumpf übernachten.

*

Lieber ein Loch in der Hose als ein Gewitter im Anzug.

*

Lieber Dreck am Stecken als im Dreck stecken.

*

Lieber Kies im Geldbeutel als Sand im Getriebe.

*

Lieber eine gesunde Verdorbenheit als eine verdorbene Gesundheit.

*

Lieber einen Sechser im Lotto als einen Achter im Fahrrad.

*

Lieber Sex im Auto als einen Achter im Fahrrad.

*

Lieber locker vom Hocker als hektisch auf dem Ecktisch.

Lieber den zweiten Frühling als die dritten Zähne.

*

Lieber gut drauf als schlecht dran.

*

Lieber eine junge Naive als eine Alternative.

*

Lieber Susi und Sauna als Flora und Fauna.

*

Lieber 40ig und würzig als 20ig und ranzig.

*

Lieber arm dran als Arm ab.

Lieber falsch gesungen als richtig gestritten.

*

Lieber vorbeugen als auf die Schuhe kotzen.

*

Lieber Bier im Bauch als Wasser in den Füßen.

*

Lieber niederträchtig als hochschwanger.

# Schüttelreime Wortspielereien

Der Zahnarzt den Patienten fragt,
was machen Ihre Zähne nachts?
Das weiß ich nicht, sagt der Patient,
wir schlafen lange schon getrennt.

*

Ohne Moos nix los,
ohne Knete keine Fete,
ohne Zaster kein Laster,
ohne Dings kein Bums.

*

Erst öffnet sich der Flieder,
dann er ihr das Mieder,
dann kommt sie nieder,
und er kommt nie wieder.

*

Ein Zwillingspaar im Mutterleib,
die spielten Skat zum Zeitvertreib,
auf einmal raschelts in der Spalte,
Karten weg, jetzt kommt der Alte.

*

Wer dachte, daß zum Weihnachtsfest
die Adelheid mich sitzen läßt,
das war noch nichts, an Ostern jetzt
hat sie mich abermals versetzt,
jetzt freu ich mich auf Pfingsten
nicht im geringsten.

Das größte Glück auf Erden
liegt auf dem Rücken und nicht auf den Pferden.

*

Als mir jüngst mein liebster Schatz
die Folgen unsrer Lieb gesteht,
da hab ich meinen Hosenlatz
verflucht und zugenäht.
Da hat sie geweinet und geflennt,
da hab ich ihn wieder aufgetrennt.

*

Du kannst dich dreh'n und winden,
der Arsch bleibt immer hinten.

*

Die Klingel an der Häuserwand,
die Frauenbrust in Männerhand,
die sagen beide ganz diskret,
daß unten wartend einer steht.

*

Da sprach der Abraham zum Bebraham,
schad, daß mer koi Zebra ham.

*

Der Nebel aus der Wiesen steigt,
die Fledermaus das Wiesel geigt.

Den einen macht ein Busen froh,
dem andern tuts ein runder Po.

*

Wir sind noch warm und brüderlich,
doch warme Brüder sind wir nicht.

*

Komm schnellstens mit zum Hang der Birken,
sonst hört die Pille auf zu wirken.

*

Komm schnellstens mit zum Birkenwald,
denn meine Pillen wirken bald.

*

Ich hab' dich geliebt und im Herzen getragen,
jetzt bist du gerutscht und liegst mir im Magen.

*

Es geht mir nicht in den Sinn,
nicht alles, was ein Loch hat, ist hin.

*

Nicht jeder, der mit Leib und Seele bei der
Sache ist, arbeitet mit dem Kopf.

*

Das Fleisch war willig, aber das Gras war naß.

Willst du dir den Tag versau'n,
mußt du in den Spiegel schau'n.

*

Liebst du deine Frau nicht mehr,
schick sie mit der Lauda-Air,
und hoffe auf die Schubumkehr.

*

Riech' ich dein Aroma,
fall ich gleich ins Koma.

*

Selbst der Eunuch, der Hodenlose,
trägt aus Bayern eine Lodenhose.

*

Die Polka tanzt man selten nackt,
doch immer im Vierviertel-Takt.

*

Der Zeiten gern gedenk ich,
wo alle Glieder warn gelenkich,
bis auf eins.
Die Zeit kommt nie mehr wieder,
steif sind alle Glieder,
bis auf eins.

# Wirtshaus-Sprüche

Man kennt im Gasthaus die Besteller,
die schauen auf des Nachbars Teller,
und äße er den Bart des Jehovas,
sie sprechen „Ober, mir auch sowas“.

*

Ein jeder Gast sei mir gegrüßt,
wenn er ein friedlicher Zecher ist,
doch macht er Unfried’ und hat kein Geld,
dann wird er vor die Tür gestellt.

*

Gott segne deinen Eingang, wenn du Durst hast,
und deinen Ausgang, wenn du Geld hast.

*

Red’, was wahr ist,
iß, was gar ist,
trink, was klar ist.

*

Wer heut zecht, zahlt glei, morgen ist d’ Zech frei.

*

Rede wenig, aber wahr, zehre mäßig, zahle bar.

*

Bei ar guete Brotzeit kann i aufs Esse verzichte.

Vor 2000 Jahren ist ein Wunder passiert: Da haben sie Wasser zu Wein gemacht! Heut kann's jeder Wirt.

*

Es sagt der Gast zum Ober: „Herr Ober, bitte eine Bohnensuppe mit Ananas. Meine Frau hört so gern Hawaiimusik."

*

Der Gast zur Bedienung: „Was können S' mir zum Essen empfehlen?" Die Bedienung: „An Leberkäs, da hob i heut die wenigsten Reklamationen!"

*

„Herr Ober, das Schnitzel stinkt nach Schnaps!" Darauf geht der Ober fünf Schritte zurück und sagt: „Jetzt auch noch?"

*

„Herr Ober, was machen Sie mit Ihrem Daumen in meiner Suppe?" „Entschuldigen S', der Herr, ich hab' einen Umlauf, und die Wärme tut gut." „Stecken S' meinetwegen Ihren Daumen in den Hintern!" „Da hatt' ich ihn gerade, aber das hat nix geholfen!"

*

Der Wirt zum Gast: „Schmeckt's Ihnen?" Der Gast: „I hab scho besser gegessen!" Der Wirt zum Gast: „Aber bestimmt nicht bei mir!"

Stammtisch-
Gschichtla

Der Gast zur Bedienung: „Was können S' mir empfehlen?" Die Bedienung: „Ein anderes Lokal!"

*

„Herr Ober, die Kaffeetasse hat einen Sprung!" Ober: „Da siehst, wie stark unser Kaffee ist!"

*

„Gestern bin i stocknüchtern vom Wirtshaus hoimgange, do ischt mir tatsächlich so ein besoffener Laggl auf meine Finger dappet."

*

Was hot dei Frau gsagt, weil du gestern so einen Dampf hoimbrocht hosch?" - „Gsagt hot se nix, und die vorderen Zähne hättet sowieso rausmüeße!"

*

Gast zum Wirt: „Bei meiner Beerdigung ist alles frei, i werd dir's nocha scho zahle!"

*

„Do hätt mer genausoguet dahoim esse kenne", hot er gset, weil's ihm in der Wirtschaft it gschmeckt hot.

*

„Jetzt weiß i nimma, han i welle drei Halbe trinke und um zwölfe hoimgau, oder zwölf Halbe trinke und um dreie hoimgau."

Am Stammtisch: Mei Schwiegermutter kommt im Johr bloß zweimal, aber nocha bleibt se sechs Monat.

*

„I wollt, i wär a Maus." „Wieso grad a Maus?" „Des isch 's oizig, vor was mei Frau Angscht hot!"

*

Kommt einer freudestrahlend zum Stammtisch und verkündet: „I schmeiß a Runde. Mei Schwiegermuttr ischt für vier Wochen verreist. I hob se grad zum Bahnhof begleitet." Da sagt ein anderer: „Du bischt ja ganz schwarz im Gsicht." - „Ja weischt, i hob dr Lokomotiv an Kuß geabe."

*

„Es soll Maschinen geben, mit denen man feststellen kann, ob einer lügt oder die Wahrheit sagt." „Des kenn i", sagt ein anderer, „mit so einer Maschine bin i verheiratet!"

*

Zwei Freunde: „Ich hab jetzt einen Schiesack!" - „Ist des genauso schmerzhaft wie ein Tennisarm?"

*

„Frau Kellnerin, bitte ein Steak wie Ihr Busen!" „So groß?" „Nein, so abgehangen!"

# Trinksprüche

No koiner, der bis ins hohe Alter gsoffe hot, ischt jung gstorbe.

*

Alkohol mäßig genossen, schadet auch in großen Mengen nicht.

*

Es gibt mehr alte Säufer als alte Ärzte.

*

Lieber Bier im Bauch als Wasser im Kopf.

*

Lieber Himbeergeist als gar keinen Verstand.

*

Lieber eine Dicke im Bett als eine Runde im Lokal.

*

Ein Prost der Mutter Eva, denn sie war klug und helle,
stets trug sie ein Feigenblatt an der richtigen Stelle. -
Ein Prost dem Vater Adam, denn ihm ist es zu danken,
er war stets zur Stelle, wenn die Blätter sanken.

*

Es trinkt der Mensch, es säuft das Pferd, doch manchmal ist es umgekehrt.

Bier trinken macht fröhlich,
Gott fürchten macht selig,
drum fürchte Gott und trinke Bier,
dann bist du selig und fröhlich allhier.

*

Du guter Mond, wenn ich dich seh',
erkenn ich meine Plage,
du bist im Jahr 12mal voll,
und ich bin's alle Tage.

*

Das Wasser gibt dem Ochsen Kraft,
dem Menschen Bier und Rebensaft. -
Drum laßt uns trinken Bier und Wein,
denn keiner will ein Rindvieh sein.

*

Trinke stets mit Maß und Ziel,
und trinke mit Verstand,
und wenn das Gläschen wackeln will,
dann tu es aus der Hand.

*

Wer 80 Jahr vom Weine trinkt,
als Greis erst in die Grube sinkt.

*

Alkohol tötet langsam.
Macht nix, wir haben Zeit.

Das Wasser ist zu jeder Zeit
die beste aller Gottesgaben.
Doch mich belehrt Bescheidenheit,
man muß nicht stets das Beste haben.

*

Es lehret uns die Wissenschaft,
wohl mit Bedacht den Durst zu stillen.
Im Wein liegt Wahrheit, im Bier die Kraft,
im Wasser sind Bazillen.

*

Wird einer früh vom Tod betroffen,
dann heißt's, der hat sich totgesoffen.
Stirbt aber einer von den Alten,
dann heißt's, der Wein hat ihn erhalten.

*

Die rote Nase im Gesicht,
die Farbe, die gefällt mir nicht.
Ich weiß ein Mittel, äußerst schlau -
man saufe weiter, bis sie blau.

*

Trinkspruch vom Bodensee:
„Wie tut das Herz mir weh,
wenn ich vom Glas den Boden seh."

*

Nicht Pille half, noch Salbe,
trank er täglich zwanzig Halbe.

Der Alkohol, das ist ein Feind,
hat der Pfarrer erst gemeint.
Doch in der Bibel steht geschrieben,
du sollst auch deine Feinde lieben.

*

Wer viel trinkt, der schläft nach Pflicht,
wer viel schläft, der sündigt nicht,
und wer nicht sündigt, ist ein Mann,
den man selig-sprechen kann.

*

Wer schläft, der sündigt nicht,
wer vorher sündigt, der schläft besser.

*

Es ist ein Brauch von alters her,
wer Sorgen hat, hat auch Likör.
Doch wer zufrieden und vergnügt,
sieht auch zu, daß er welchen kriegt.
(W. Busch)

*

Zwei Knaben machten Hokuspokus,
sie tranken Most in einem Keller.
Der eine mußte auf den Lokus,
jedoch der Most war schneller.

Wein
und
Frauen

Wein und Frauen sind auf Erden
aller Weisen Hochgenuß,
denn sie lassen selig werden,
ohne daß man sterben muß.

*

Ein Mädchen und ein Gläschen Wein
kurieren alle Not,
denn wer nicht trinkt und wer nicht küßt,
der ist so gut wie tot.

*

Der Wein muß kalt sein und süffig,
die Frau muß warm sein und griffig.

*

Wer nicht liebt Wein, Weib und Gesang,
der bleibt ein Narr sein Leben lang.

*

Paulus schrieb an die Korinther,
man soll die alten Weiber nicht zu lange wintern,
und die jungen nicht zu lange behalten,
sonst wern's genauso wie die alten.

*

Die Seele einer Frau,
der Magen einer Sau,
der Inhalt einer Leberwurst,
die sind noch völlig unerforscht.

Der Maßkrug und das Dirndlgwand,
sie müssen voll sein bis zum Rand.

*

Küß beizeiten junge Mädchen,
trink beizeiten goldnen Wein,
wie schnell dreht sich das Lebens-Rädchen,
und ein andrer küßt die Mädchen,
und ein andrer trinkt den Wein.

*

Wie schlimmer das Weib,
umso besser die Kneip',
und wie besser die Kneip',
umso schlimmer fürs Weib.

*

Wer nicht liebt Wein und Gesang
und andrer Männer Weiber,
der wird kein Jäger sein Leben lang,
der bleibt immer nur ein Treiber.

*

Alter Wein und junge Weiber
sind die besten Zeitvertreiber.

# Die Musik spielt mit Leichtigkeit

Die Musik spielt mit Leichtigkeit,
wenn es nicht fehlt an Feuchtigkeit.

*

Der Schrecken aller Schrecken
ist es wohl, den Löw' zu wecken.
Doch schlimmer als das Tigertier
ist eine Musik ohne Bier.

*

Der Spielhahn und der Auerhahn,
die balzen im April.
Da sind die Musikanten besser dran,
jeder kann balzen, wenn er will.

*

Müde bin ich, geh zur Ruh,
decke meinen Bierbauch zu.
Herrgott laß den Kater mein
morgen nicht so grausam sein.
Bitte gib mir neuen Durst,
alles andre ist mir Wurst.

*

Musik ist angenehm zu hören,
doch ewig braucht sie nicht zu währen.
(W. Busch)

Der kürzeste Musikantenwitz: Zwei Musikanten gehen an einem Wirtshaus vorbei! - Aus!
Ergänzung: Sagt der eine zum andern: „Heut war mer tapfer!“ - Der andere: „Auf des trink mer no a Maß!“

*

Brief an das Wirtschaftsamt vom Jahr 1946:
Sehr geehrte Damen und Herren, mein Mann ist Musiker und braucht dringend eine neue Hose, da er in der alten keine Musik mehr machen kann.

*

Mutters Klage: Meine Tochter war mit einem Musiker befreundet. Zuerst war er mozärtlich, dann kam er beethövlich, brachte meiner Tochter einen Strauß, nahm sie beim Händel, führte sie mit Liszt übern Bach auf die Haydn, dort wurde er reger, schließlich war er nicht mehr zu brahmsen. Jetzt haben wir ein kleines Mendelssöhnchen und wissen nicht wo hindemith.

*

Ein Blinder und ein Tauber machen miteinander Musik. Da sagt der Blinde: „Tanzet se scho?“ - Darauf der Taube: „Wieso, spielet mir scho?“

# Volksweisheiten vom Feinsten

Die Unzufriedenheit eines Volkes wächst mit dem Wohlstand. (M. Rommel)

*

Es gibt arme Reiche und reiche Arme.

*

Nicht wer wenig hat, sondern wer viel möchte, ist arm.

*

Greife nie ins Wespennest, aber wenn, dann greife fest.

*

Aus verdorbenen Freunden werden die größten Feinde.

*

Liebe deine Feinde, das schadet ihrem Ruf.

*

Weiße Raben, schwarzer Schnee, keusche Jungfern, blauer Klee, treue Freunde in den Nöten sind die größten Raritäten.

*

Willst du gelten, mach dich selten.

*

Lächeln ist die feinste Art, andern die Zähne zu zeigen.

Wenn viele kleine Leute viele kleine Dinge an vielen kleinen Orten tun, dann kann die Welt verändert werden.

*

Fremde Fehler beurteilen wir als Staatsanwälte, eigene als Verteidiger. (aus Brasilien)

*

Alle Wünsche werden klein, gegen den - gesund zu sein.

*

Die Gesunden und die Kranken haben zweierlei Gedanken.

*

Der beste Weg zur Gesundheit ist der Fußweg.

*

Es ginge manches besser, wenn wir mehr gingen.

*

Ja den andern nicht unterschätzen, es schadet nicht, mit ihm zu schwätzen, ein liebes Wort am Gartenzaune, schafft auch beim Nachbarn „gute Laune".

*

's Gsicht hot uns der Herrgott gschenkt, aber lachen müeß mer selber.

Das Beste ist, wer nie verlor im Kampf des Lebens den Humor.

*

Der hat sein Leben gut verbracht, der viele Menschen hat froh gemacht.

*

Es gibt nix Gsünders, als sich ab und zue krank lache.

*

Es könnt so schön sein, wenn alls möcht, der Mensch ist guet, - bloß d' Leut sind schlecht.

*

Es gibt nur drei Methoden, um leben zu können: betteln, stehlen oder etwas leisten.

*

Hab Sonne im Herzen und Watte im Ohr, ein Hemd ohne Kragen, aber immer Humor.

*

No nie hand d' Leit so viel Freizeit khet wie heit, aber no nie hand d' Leit so wenig freie Zeit khet - wie heit.

# Haussprüche und allgemeine Sprüche

Noch keinen sah ich fröhlich enden,
auf den mit immer vollen Händen
die Götter ihre Gaben streuen.

*

Am Abend ist man klug
für den vergang'nen Tag,
doch niemals klug genug,
für den der kommen mag.

*

Dummheit, die man bei andern sieht,
wirkt meist erbauend fürs Gemüt.

*

Wenn jeder wär ein Biedermann,
wo kämen wir da hin!
Weshalb ich manchmal, dann und wann,
ein wenig Schlitzohr bin.

*

Der Mensch lebt so dahin,
und nimmt es nicht in acht,
daß ihm a jede Stunde
das Leben kürzer macht.

*

Wenn dieses Haus so lange hält,
bis Not und Haß und Neid zerfällt,
dann hält es bis ans End der Welt.

Ein Nachbar zur Hand ist besser
als ein Freund über Land.

*

Willst den Nachbarn fröhlich sehn,
darfst ihm nicht in der Sonne stehn.

*

Menschen, Menschen sind wir alle,
Fehler hot a jeder gnue,
alle können wir nicht gleich sein,
das liegt schon in der Natur. (Korbinian)

*

Ich brachte nichts zur Welt herein
und nehm nichts mit hinaus,
doch soll ein Spur meines Wirkens sein
noch später dieses Haus.

*

Nur durch Arbeit, früh und spät,
kann dir was geraten,
der Neid sieht nur das Blumenbeet,
aber nicht den Spaten.

*

Redet einer schlecht von dir,
sei es ihm erlaubt,
doch du, du lebe so,
daß keiner es ihm glaubt.

Mitleid bekommt man geschenkt.
Neid muß man sich hart erarbeiten.

*

Wünsch mir ein jeder was er will,
ich wünsch ihm zwanzigmal soviel.

*

Kräht die Henne, schweigt der Hahn,
ist das Haus wohl übel dran.

*

Achte eines jeden Mannes Vaterland,
das deinige aber liebe. (Gottfried Keller)

*

Wer in alles sich tut mischen,
muß sich oft die Augen wischen.

*

Immer lustig - gefährlich,
immer traurig - beschwerlich,
immer glücklich - nicht möglich,
eins ums andre - erträglich.

*

Ich wollt, ich wär ein Elefant,
dann würd ich jubeln laut,
es ging mir nicht ums Elfenbein,
nur um die dicke Haut.

# Kirche

Im Religionsunterricht lesen die Kinder die Geschichte von Noah. Der Schorsch liest vor: „Da nahm sich Noah eine Frau.“ Er blättert um, merkt aber nicht, daß zwei Seiten zusammenkleben, und liest weiter: „Er verkittete sie und verschmierte alle Fugen mit Pech, damit sie wasserdicht sei.“

*

In Marktoberdorf nimmt der Religionslehrer die Welterschaffung durch und zwar die einzelnen Schöpfungsakte. „Zuerst schuf Gott das Licht, dann Erde und Meer und dann das Firmament. Der Xaver mußte wiederholen: „Zuerst schuf Gott das Licht und dann die Firma Fendt!“

*

„Ma mueß o amol auf a Opfer verzichte kenne“, hot dr Kapla gset, und hot sich in der Faschtezeit an Rausch agsoffe.

*

Ein Urlauber zu einem Nesselwanger: „Ihr habt aber eine wunderschöne Kirche!“ - „Woll, woll, aber mir schonet se o.“

*

Dr Pfarrar schimft in seiner Predigt: „Die Männer, die ihre Weiber schlaget, deane ihre Händ solltet zu Schtoi weare!“ Do hot ‘s Weible gmoit: „Mei, des gäb blaue Flecke!“

Der junge Kaplan hatte arges Lampenfieber vor seiner ersten Predigt. Der alte Mesner gab ihm den Rat, ein paar Schoppen vom Meßwein zu trinken. „Des macht Mut und löst die Zunge!“ So geschah es. Nach dem Gottesdienst machte der Mesner den Kaplan auf ein paar Fehler aufmerksam:

1. Kain hat Abel nicht erschossen, sondern erschlagen.
2. Jesus ist nicht an der Kreuzung überfahren worden, er wurde ans Kreuz genagelt.
3. Es heißt nicht Jesus, meine Kuh frißt nicht, sondern Jesus meine Zuversicht.
4. Es heißt nicht, dem Hammel sein Ding, sondern dem Himmel sei Dank.
5. Es heißt nicht, suche mich nicht in der Unterführung, sondern führe mich nicht in Versuchung.

*

Inserat in einer katholischen Kirchenzeitung: Pfarrhaushälterin gesucht! Bei günstigem Ausgang des Konzils, Heirat nicht ausgeschlossen.

*

Der Religionslehrer fragt im Unterricht: „Wo duet ma dahoim no beate vor em Esse?“ Schorschl: „Des brauchts bei eis it, d’ Muettr kochet guet!“

*

An einer Moschee ist ein Anschlag: Die Moschee mit Schuhen zu betreten, ist genauso verwerflich, wie einer Jungfrau die Unschuld zu rauben. Handschriftlicher Zusatz eines Touristen: Beides probiert, kein Vergleich!

Der Herr Pfarrer hat bischöflichen Besuch. Bei der Pfarrhofbesichtigung stellt der Besuch fest, daß im Keller jede Menge leere Weinflaschen herumstehen, worauf er meint: „Da sind aber viele Tote." - „Aber keiner ist ohne geistlichen Beistand gestorben", konterte der Pfarrer.

*Vierzeiler von dem in Nesselwang geborenen Bischof Maximilian von Lingg (1842-1930)*

In de Bearg isch es schea,
i weiß an Beweis,
wenn d´ Städtar a Freid wend,
nacha kommet se zu eis.

Mir sind it studiert
und sind o it gscheit,
mir sind aber alles
aufrichtige Leit.

Und witt amol beate,
auf d´ Bearg gammr nauf,
bischt näher beim Herrgott,
und es zieht die gard nauf.

Wie schea 's ischt z´Nesselwang,
des sag i glei koim,
do dätet all schreie:
da isch er dahoim.

# Lang leben will jeder

Wenn du fuchzge bischt und stohscht morgens auf, und es tuet dr nix weah, nocha bischt gschtorbe.

*

Mei Lehrmeister (Richard Riefler) hot denn sage kenne: „Em Toed dät ma leicht Herr weare, abr a kommt allat, wenn ma am elendschte beinand ischt.“

*

Oi’s hand die Alte de Junge voraus: Die Alte sind scho amol jung gwea, aber die Junge no it alt.

*

Eine Hundertjährige antwortet auf die Frage „Wie gehts?“ - „Seitdem mei jüngste Tochter im Altersheim ischt, han i Gottseidank koine Sorge mehr.“

*

Im Alter waxt nix, als wie dr Gwalt, der Geiz und d’ Nägl.

*

‘s Schtearbe wär net so schlimm, wenn ma bloß am andre Tag it so hie wär.

*

Großmutter hot gset: „Gestern bin i am Schtearbe gwea, no isch d’ Nochbeire komme, die hot mi ganz druß brocht.“

Dr Doedegräbar hot gset: „Mit de Beamte han i am wenigschte Arbat, die brauch i bloß umbette."

*

Guet gleabt ischt besser als schleacht gschtorbe.

*

's Schtearbe ischt a schwere Sach; i wott, mei Weib hätt's überschtande.

*

Eine Pfrontnerin ist 103 Jahre alt geworden. Auf die Frage „Wie fühlt man sich mit 103?" meinte sie: „Ja mei, ma ischt halt koine 100 mehr!"

*

Lang leabe will jeder, aber alt weare will koiner.

*

Das Leben ist kurz und endet meistens tödlich.

*

Es wird immer komplizierter, einfach zu leben.

*

Das Leben ist eines der schwersten, drei Tage vor dem Ersten.

*

Am beschte wär's, wenn ma gschtorbe gwese bliebe wär.

Alles Schöne ist - entweder gefährlich, oder verboten, oder unmoralisch, oder es macht dick.

*

Wie alt wir geworden sind, sehen wir am Gesicht derer, die wir jung gekannt haben.

*

Oben licht, unten dicht, mehr will ich nicht, hot 's Nesselwanger Weible denn sage kenne.

*

Es gibt Menschen, die rauchen nicht und trinken nicht und meiden auch sonst jeden Genuß. Zur Strafe werden sie 100 Jahre alt.

*

's goht nemat so zue wie im Leabe.

*

Beim letzten Klassentreffen gab's lauter alte Gesichter, aber jede Menge neue Zähne.

*

Der Unterschied zwischen einem englischen Rentner, einem französischen und einem deutschen Rentner: Der englische Rentner trinkt seinen Tee und geht zum Pferderennen, der französische Rentner trinkt seinen Pernod und geht zum Radrennen, der deutsche Rentner nimmt Herztropfen und geht zum Arbeiten.

# Beim Arzt

Nach dem Motto, jeder will leben, bin ich zum Doktor gegangen, denn der Doktor will auch leben. Mit dem Rezept bin ich in die Apotheke gegangen, denn der Apotheker will auch leben. Mit der Medizin bin ich heimgegangen und hab' die Medizin in die Mülltonne geworfen. ....ich will nämlich auch leben.

*

„Es tut mir leid, Herr Doktor, Sie sind umsonst gekommen!" sagte der Ehemann. „Meine Frau ist gerade gestorben!" „Vergeblich, nicht umsonst", sagte der Doktor.

*

Die Frau Maier sagte zur Nachbarin: „Ich habe zwei Hausärzte. Einen alten und einen jungen. Zum alten geh' ich, wenn ich krank bin, zum jungen geh' ich, wenn mir etwas fehlt!"

*

„Sie kommen zu spät!" sagte der Doktor zum Skelett.

*

„Ich hab' einen tüchtigen Hausarzt, der hat sogar einen eigenen Friedhof!"

*

Doktor zum Patient: „'s Hearz ischt nimma 's beschte." Darauf meint der: „Wenn's grad no hebt, solang i no leab."

„Kopf kalt, Füße warm, das macht den besten Doktor arm!"

*

„Schöner schreiben brauchst net", sagte der Bauer zum Doktor. „Ein Jahr lang bin i jetzt mit deim Rezept umsonst mit'm Zug gfahre, ins Museum gange, und jetzt krieg i sogar no a Rente!"

*

Der Chefarzt im Krankenhaus will mit dem Fieberthermometer eine Entlassung unterschreiben. Von der Oberschwester darauf hingewiesen, sagte er: „I möcht bloß wissen, wo mein Kugelschreiber steckt!"

*

„Ein Simulant im Krankenhaus hat täglich neue Beschwerden. Die Oberschwester sagt zum Chefarzt: „Unser Simulant ist gestorben!" Daraufhin entgegnet der Chefarzt: „Aber jetzt übertreibt er!"

*

„Hauptsache, wir zahlen nicht drauf", hat der Apotheker gemeint, als die Verkäuferin festgestellt hat, daß ein Kunde eine 24-Mark-Rechnung mit einem falschen Zwanziger bezahlt hat.

*

„I gwinn bei jeder Ziehung", hot der Zahnarzt gset.

Ein Mädchen klagt beim Doktor über Blähungen. Nach einer gründlichen Untersuchung erklärt ihr der Doktor: „Mädle, du bischt im dritte Monat schwanger.“ „Des glob i it. D’ Mama hot gmoit, des sind verklemmte Winde!“ Darauf der Doktor: „Wenn des moischt, dann wartescht 6 Monat, nocha kascht dein Furz im Kinderwage spaziere fahre!“

*

„Was macht man, wenn man von einer Schlange gebissen wird?“ „Die Bißstelle aufschneiden und aussaugen lassen.“ „Wenn man aber am Hintern gebissen wird?“ „Dann kannst du feststellen, ob du Freunde hast.“

***Spruch der Woche:***

*Hast du ein Kätzchen auf dem Schoß, wirst du schnell die Mäuse los!*

*Komisch, wenn die Frau verblüht, verduftet der Mann!*

*Wer aus Liebe heiratet, hat guete Nächt aber schlechte Täg.*

# Feldkreuz-, Marterl- und Grabinschriften

An einem Feldkreuz ist zu lesen:

Dieses Kreuz wurde erricht'
zu Ehren des Herrn Jesus Christ,
der für uns gekreuzigt worden ist.
(von den Bauern dieser Gemeinde)

*

Marterl (Kreuz mit Gedenktafel)

Hier an dieser steilen Wand
stürzte ab ein Musikant.
Oben tat er noch trompeten,
unten ging er leider flöten.

*

Hier starb der ehrsame Johann Misegger.
Auf der Hirschjagd durch einen
unvorsichtigen Schuß erschossen.
In aufrichtiger Freundschaft
von seinem Schwager
Anton Steger

*

Hier stürzte ab der Martin Schnell,
im Leben war er Junggesell,
er wollte auf die Jungfrau steigen,
nun mußte er heruntenbleiben.
Oh Wandrer bet an dieser Stell
für die ausgerutschte Seel.

Wie war die Fahrbahn regenglatt,
der Huber Bene lebenssatt,
fuhr in die Kurve wie ein Blödl,
zum Leichenschmaus gab's Leberknödl.

*

Der Weg in die Ewigkeit
ist gar nicht weit.
Um siebne fuhr er fort,
um achte war er dort.

*

Eine ältere Dame kommt zum Steinmetz, erklärt ihm, sie möchte zu Lebzeiten alles regeln und hiermit ihren Grabstein in Auftrag geben mit folgender Inschrift:

Hier ruht: Renate Müller
geboren als Jungfrau
gelebt als Jungfrau
gelitten als Jungfrau
und gestorben als Jungfrau.

Da meint der Steinmetz: „Das könnte man einfacher und billiger machen mit folgenden Worten: Renate Müller, ungeöffnet hin und zurück."

*

Als ein Ehemann mit dem seltenen Namen Kuhschwanz starb, kam die Witwe zum Steinmetz und wollte einen Grabstein bestellen, jedoch der Name Kuhschwanz durfte nicht erscheinen. Das Ergebnis:

Hier ruht verriegelt und verrammelt,
was der Kuh am Hintern bammelt.

Grabversla:

Hier ruhen meine Gebeine,
ich wollt, es wären deine.

*

Der Mann hat 90zig Jahre gelebt
und scharrte Menschen ein.
Wer andern eine Grube gräbt...

*

In diesem Grab ruht Armin Peter,
die Frau begrub man hier erst später,
man hat sie neben ihm begraben,
wird er die ewige Ruhe haben?

*

Hier ruht Herr Martin Krug,
der Kinder, Weib und Orgel schlug.

*

Mein Weib deckt dieser Grabstein zu,
für ihre wie für meine Ruh.

*

Hier ruht die ehr- und tugendsame
Jungfrau Katharina Steiger.
Es trauern um sie ihre drei ledigen Kinder.

Hier ruht der Bürgermeister von Lechleiten,
er starb an einem Blasenleiden,
er war seiner Lebtag schon ein schlechter Brunzer,
betet für ihn ein Vaterunser.

*

Hier in dieser Grubn liegen zwei Müllerbubn,
geboren am Chiemsee, gestorben an Bauchweh.

*

Hier liegt Andreas Reindl,
er lebte wie ein Schweindl.
Gesoffen hat er wie eine Kuh,
Herr gib ihm die ewige Ruh.

*

Es liegt hier unter diesem Stein,
ein mag'res dürres Schneiderlein.
Und stehen einst die Toten auf,
so hilf ihm lieber Gott herauf.
Und reich ihm deine starke Hand,
denn er allein ist's nicht imstand.

*

Zum Schluß

Das ist das Beste auf der Welt,
daß Gott und Teufel nimmt kein Geld.
Sonst müßt wohl mancher arme Gsell
für einen Reichen in die Höll.